RATUS POCHE

COLLECTION DIRIGÉE PAR JEANINE ET JEAN GUION

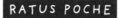

Super-Mamie, sirène magique

Super-Mamie et la forêt interdite

© Hatier Paris 2005, ISSN 1259 4652, ISBN 2-218-92060-3

Super-Mamie
sirène magique

Une histoire de Jeanine et Jean Guion
illustrée par Jean-Christophe Raufflet

HATIER

Super-Mamie

Martin

Margot

Il y a très longtemps, un roi bête et méchant vivait dans un château entouré d'une forêt peuplée de monstres. Près de là, dans un village, Martin et Margot habitaient avec Super-Mamie, leur grand-mère un peu sorcière…

Les personnages de l'histoire

1

Cet été-là, il faisait très chaud. Le Grand Baboul transpirait, grognait, criait sans cesse. Bref, il était infernal. Un matin, il appela son savant. Il avait une idée pour faire baisser la température.

— Crazibert, transportez mon royaume au pôle Nord. Tout de suite.

Bien sûr, la Baboulie ne pouvait pas changer de place, mais Crazibert n'avait pas envie de contrarier le roi et d'être jeté dans un cachot.

— Ce n'est pas possible, Sire! Le pôle Nord s'est réchauffé. Il paraît même que les pingouins y prennent maintenant des coups de soleil.

1

2

Quelle machine Crazibert a-t-il inventée
pour rafraîchir le Grand Baboul ?

Le Grand Baboul, qui était plus ignorant qu'un âne, crut son savant.

– Bien fait pour les pingouins ! s'écria-t-il méchamment. Eh bien, trouvez autre chose !

Le savant se retira dans son laboratoire et chercha, chercha… Finalement, il eut l'idée d'une sorte d'éventail géant. C'était une machine astucieuse : un homme pédalait et, par un système de rouages, le mouvement des pédales se transmettait à de grandes plumes qui s'agitaient en brassant l'air.

– Très agréable, dit le Grand Baboul quand il eut essayé la machine à faire du vent. Mais il faut pédaler plus vite.

Le roi prétendit que le pédaleur dormait sur la machine et il menaça de lui couper la tête. Le pauvre homme se mit aussitôt à pédaler si vite qu'il tomba bientôt, épuisé. On le remplaça par un malheureux qui balayait la salle du trône, puis par des prisonniers trouvés dans les oubliettes du château. On les fit tous pédaler à un rythme d'enfer jusqu'à ce qu'ils tombent les uns après les autres. Quand tous furent étalés sur le sol, morts de fatigue, la machine à faire du vent s'arrêta, et le roi eut à nouveau très chaud.

– Crazibert, arrêtez le soleil ! s'écria-t-il.

– Je ne peux pas, Sire.

Le Grand Baboul appela ses gardes.

– Qu'on lui coupe la tête !

– Au soleil ? demandèrent les gardes.

– Non, à Crazibert, imbéciles !

Le savant se sauva aussitôt et s'enferma dans son laboratoire. Il fallait absolument qu'il trouve une idée pour rafraîchir le Grand Baboul. Il chercha toute la nuit et, le lendemain matin, il se précipita chez le roi.

– Sire, dit-il, je me suis mis d'accord avec le soleil. Il a promis de ne plus chauffer la nuit pour faire plaisir à votre Majesté.

Le Grand Baboul fut satisfait que le soleil se montre raisonnable. Il félicita Crazibert.

— Pour la journée, j'ai trouvé une autre solution, continua le savant. On va transporter votre trône dans une oubliette. C'est l'endroit le plus frais du château.

On mit un bouquet de fleurs dans le plus grand cachot, on y écrasa les cafards et les araignées, on y tua les rats et on y installa le Grand Baboul. À l'ombre des vieilles pierres, il transpira moins. Mais cette solution ne lui donnait pas vraiment satisfaction.

— Où sont les prisonniers, maintenant? demanda-t-il.

— Euh… fit Crazibert. Là où il fait chaud, Sire. Dans la salle du trône.

Le roi grimaça et réfléchit en se grattant les oreilles, puis il dit avec un sourire méchant :

— Allumez-leur le chauffage! Je ne veux pas qu'ils se sentent bien là-haut et qu'ils

Où vont-ils installer le Grand Baboul pour qu'il soit au frais ?

aient envie de me remplacer.

On fit donc un grand feu de cheminée dans la salle du trône et les prisonniers transpirèrent tellement qu'ils supplièrent les gardes de les renvoyer dans leurs oubliettes.

– Impossible, dirent ces derniers. Elles sont toutes occupées : la grande, c'est celle du roi. À côté, il y a son premier ministre…

Et ainsi de suite. Même Crazibert avait fait descendre ses livres dans une oubliette pleine d'araignées, mais les petites bêtes à huit pattes ne le dérangeaient pas. Et là, il fit une découverte en feuilletant un vieux livre de géographie. Il vérifia bien pour être sûr de ne pas se tromper, puis il se rendit dans l'oubliette du roi pour lui annoncer la bonne nouvelle.

2

– Sire ! Sire ! J'ai découvert un lac dans votre royaume. Un lac avec de l'eau fraîche.

– Est-ce qu'il y a des vagues ? demanda le Grand Baboul.

Crazibert affirma que c'était un très beau lac avec de l'eau dedans, du sable au bord, et tout ce qu'il faut, même des vagues.

Le Grand Baboul en fut très heureux, mais il eut tout de même quelques doutes. La Baboulie était un royaume formé d'une forêt peuplée de monstres terribles avec un château au milieu. Il y avait aussi une mare où son fils Nigodon allait pêcher les grenouilles, mais personne n'avait jamais vu de lac en Baboulie.

– Où est ce lac? demanda le roi, méfiant.

– Près de la mare aux grenouilles, répondit Crazibert, mais il y a une petite colline qui empêche de le voir.

Dans son vieux livre, il lui montra une grosse tache bleue sur une carte toute gribouillée.

– C'est là, dit Crazibert en posant le doigt sur la tache.

– Oh, mais ce n'est pas un lac, dit le roi, soudain épanoui. C'est une vraie mer!

Crazibert n'était pas fou au point de contrarier le Grand Baboul, surtout pendant la canicule. Il n'avait pas envie qu'on lui coupe la tête ou qu'on l'enferme dans la salle du trône à côté de la cheminée qui dégageait une chaleur d'enfer. Il déclara donc que le lac était une très belle mer qui s'appelait la mer de Baboulie.

– Je veux voir ma mer! déclara le roi.

Qu'a découvert Crazibert dans un vieux livre de géographie ?

Tout le monde sortit donc des oubliettes et partit derrière Crazibert en direction de la mer promise. On la trouva en effet de l'autre côté de la mare, comme annoncé, à un endroit où personne n'était jamais allé.

Le Grand Baboul n'en croyait pas ses yeux. Il avait devant lui une plage de sable doré et un lac bleu avec de petites vagues.

– Ça alors ! fit-il. Ma mer de Baboulie…

On lui enleva ses chaussures et il mit les pieds dans l'eau.

– Elle est fraîche, dit-il. Hourra !

Il se tourna vers son premier ministre :

– Faites apporter mon trône et mettez-le dans l'eau. Je veux tremper mes orteils dans la mer de Baboulie.

Tout le monde félicita le roi pour cette idée géniale. C'est alors que le Grand Baboul mit son doigt dans l'eau, le suça, fit la grimace et se mit à trépigner en criant : 11

– C'est pas une vraie mer ! Elle n'est même pas salée ! Qui a pris le sel de ma mer ?

Crazibert expliqua que ce n'était pas tout à fait une mer, mais plutôt un lac. Le Grand Baboul ne voulut rien entendre.

– Qu'on la sale ! ordonna-t-il. Je veux qu'elle soit salée ou je vous fais couper la tête, et celle des ministres aussi !

Lisette, la fille du premier ministre, eut très peur pour son père. Et pendant que les gens du royaume jetaient du sel dans le lac de Baboulie pour qu'il soit salé comme une vraie mer, elle écrivit sur un petit morceau de papier : *Au secours, Super-Mamie ! Le Grand Baboul veut tuer mon père. Viens vite.*

Elle attacha le message à la patte de sa pie et l'oiseau s'envola en direction du village, de l'autre côté de la forêt.

3

Le matin, à peine arrivé au bord de sa mer, le Grand Baboul trempa son doigt dans l'eau et le suça. Il piqua une colère terrible :

– Elle n'est pas assez salée !

Crazibert était bien ennuyé. Il dit qu'on y avait jeté pendant la nuit plus de cent charrettes de sel.

– Tout le sel du royaume, Sire ! Il n'en reste plus un gramme.

– Alors, c'est que vous n'avez pas assez touillé ! affirma le Grand Baboul.

On fit venir les prisonniers, on leur donna des bâtons, on les poussa dans le lac et ils remuèrent l'eau de toutes leurs forces pour que le sel se dissolve bien. Pendant ce temps,

Quel est le rêve du Grand Baboul?

le soleil montait dans le ciel, et il faisait chaud, de plus en plus chaud. Les touilleurs transpiraient, mais le roi dit que ça n'avait pas d'importance. Installé sur son trône, les pieds et les mains dans l'eau, les yeux fermés, le Grand Baboul rêvait, un sourire béat sur les lèvres. Il rêvait qu'une sirène lui chantait une chanson d'amour…

Soudain, un bruit le fit sursauter. Il ouvrit les yeux, l'air ahuri, et appela Crazibert :

– Crazibert, où est passée ma sirène ?

Le bruit, c'était Super-Mamie qui venait d'arriver sur son balai. Elle entendit la question du roi et récita vite une formule magique. Le bas de sa robe se changea aussitôt en une splendide queue de sirène. Quand le Grand Baboul l'aperçut, elle était assise sur son balai, immobile, au-dessus de l'eau.

– C'est pas ma sirène, grogna le Grand

Baboul. La mienne, elle était jeune et jolie. Celle-là, elle est vieille…

— Je suis une sirène magique ! lui répondit Super-Mamie.

Le Grand Baboul fut si impressionné qu'il se contenta de remuer la main et de demander d'une voix timide :

— Coucou, sirène magique ! Puisque tu es magique, je peux faire un vœu ?

— Bien sûr, répondit Super-Mamie.

— Alors, éteins le soleil. Il chauffe trop.

— D'accord, répondit la sirène.

Et elle cria :

— Soleil, éteins-toi. C'est le Grand Baboul qui le veut.

Des étincelles jaillirent autour d'elle et un long grondement de colère tomba du ciel.

— Qu'est-ce qu'il dit ? demanda le roi.

— Il dit que si tu n'es pas content, tu n'as qu'à installer ton trône dans une caverne.

— Je lui ferai couper la tête quand il dormira! cria le Grand Baboul. Comme à Crazibert et à mes ministres!

Le grondement reprit encore plus fort, avec des étincelles longues comme des éclairs. Le Grand Baboul eut si peur qu'il en tomba à la renverse dans l'eau. Il en perdit sa couronne. Il la chercha à quatre pattes dans la mer de Baboulie, mais ne la trouva pas et cria qu'il voulait faire un autre vœu.

— Pas question! répondit Super-Mamie. Je n'exauce pas les vœux d'un roi qui veut couper la tête du soleil, de son savant et de ses ministres!

— Je ne couperai rien du tout, c'est promis! fit le Grand Baboul. Je veux juste retrouver ma couronne.

Quelques étincelles suffirent. La couronne sortit de l'eau, s'éleva dans les airs et retomba d'un seul coup, pile sur son crâne.

— Aïe ! cria-t-il en colère.

Il voulut jeter un caillou à la sirène, mais il se retint et ronchonna :

— Dans les contes de fées, les sirènes sont plus gentilles que toi !

— Qu'est-ce que tu dis ?

— Rien du tout. Je veux juste faire un troisième vœu. Il faut que tu sales ma mer de Baboulie pour qu'elle soit salée comme une vraie mer.

— J'accepte, mais à condition que tu ne coupes plus de tête, à personne, répondit Super-Mamie.

Le Grand Baboul râla un moment, mais il finit par céder.

— D'accord, dit-il. Je ne couperai plus jamais rien du tout. Je le promets sur la tête de Crazibert.

Puis il ajouta à voix basse, en ricanant derrière sa main :

— Seulement la langue des bavards et les oreilles des curieux.

Super-Mamie ne l'entendit pas. Elle avait déjà commencé à tourner au-dessus du lac en faisant pleuvoir une pluie d'étincelles et de grains de sel.

La mer de Baboulie se mit alors à gonfler. Tous ceux qui étaient dans l'eau et sur la plage se sauvèrent, les touilleurs, Crazibert, les gardes, le premier ministre et les autres, mais pas le Grand Baboul…

Quel monstre sort du lac de Baboulie ?

4

Assis sur son trône, les pieds dans l'eau, sa Majesté le roi trempait ses doigts dans le lac et les suçait avec délices.

– Hum ! disait-il. Elle est salée comme une vraie mer, juste comme je l'aime.

Trop occupé à se lécher les doigts, il ne voyait pas la surface du lac qui s'agitait de plus en plus, ni la curieuse vague qui se rapprochait de lui.

Soudain, un terrible rugissement retentit. Une tête sortit de l'eau, ruisselante, couverte d'écailles bleutées, avec des dents pointues et des yeux qui lançaient des éclairs de colère. C'était un monstre énorme avec des nageoires comme les poissons. Il s'arrêta

19

face au Grand Baboul et des bruits bizarres sortirent de sa gueule effrayante :

« *Kékrétin.a.salémon.no ?* »

Le Grand Baboul transpirait maintenant de peur. Il se tourna vers la sirène et lui demanda en claquant des dents :

– Cla-cla-cla… i dit quoi ? Cla-cla-cla…

Super-Mamie traduisit les rugissements :

– Il veut savoir qui est le crétin qui a salé l'eau de son lac.

– C'est pas moi ! hurla le Grand Baboul en montrant Super-Mamie. C'est elle !

Le monstre rugit de plus belle.

– Je vais y faire mettre du sucre ! se dépêcha de crier le Grand Baboul dans l'espoir de le calmer. Crazibert, apportez vite un kilo de sucre.

Le monstre tourna autour du roi en frappant l'eau avec ses nageoires pour l'éclabousser, puis il regarda Super-Mamie.

Il lui dit dans son langage qu'il vivait au fond du lac, qu'il était au régime sans sel, végétarien depuis toujours, et qu'il n'avait pas envie de la manger, et encore moins de manger le Grand Baboul. Bref, il n'aurait fait de mal à personne si on l'avait laissé tranquille. Mais on avait salé son eau…

Super-Mamie lui expliqua en langage magique que le Grand Baboul était un affreux jojo qui avait menacé de couper des têtes si on ne salait pas le lac.

Tous les deux décidèrent donc que le Grand Baboul méritait une bonne leçon. Le monstre rugit une nouvelle fois et un coup de nageoire fit tomber le roi de son trône. Celui-ci but une grande tasse d'eau salée, puis se redressa furieux en toussant et en crachant.

– Sale bête ! grogna-t-il en lui donnant un coup de pied. C'est moi le roi !

Qui le Grand Baboul appelle-t-il au secours ?

« Ah, il fait le malin ! » se dit le monstre.

Il donna trois coups de mâchoires, clac, clac, clac, à ras les oreilles du Grand Baboul qui eut la frayeur de sa vie.

— Pardon, gentil monstre, bredouilla le roi. Pour te faire plaisir, je t'offre tous mes esclaves à manger. Ils sont très tendres. Tu te régaleras.

Pour toute réponse, le monstre lui donna une claque avec une de ses nageoires. Le Grand Baboul se retrouva à plat ventre dans l'eau, en tenant bien sa couronne à deux mains pour ne pas la perdre. Le monstre poussa ensuite un long rugissement et s'approcha jusqu'à lui toucher le nez.

— Au secours, sirène ! s'écria le roi. Je promets tout ce qu'il veut.

— Il veut que son eau redevienne douce avant ce soir, répondit la sirène. Sinon, gare à toi, il ira dormir dans ton lit !

— Dans mon lit ?

Elle fit oui de la tête. Le Grand Baboul se mit à claquer des dents.

— Il veut aussi savoir comment tu vas faire pour enlever le sel de son lac.

— Je vais demander à Crazibert, répondit le roi en tremblant de peur. Il trouvera sûrement une solution.

Le monstre bleu parut satisfait. Il agita une de ses nageoires pour dire au revoir à Super-Mamie, puis il plongea dans l'eau en faisant la grimace à cause du sel, et il disparut dans les profondeurs de son lac.

5

Une fois rentrée au village, Super-Mamie raconta à ses petits-enfants l'histoire du monstre bleu.

– Il n'est pas méchant, dit-elle. Mais il est furieux contre le Grand Baboul qui m'a fait saler l'eau de son lac. Crazibert est en train d'essayer de dessaler le lac. Ça doit être drôle !

– Sans magie, il ne peut pas y arriver, dit Margot. Pourquoi n'as-tu pas dessalé le lac toi-même ?

– Surtout que le monstre risque d'en mourir ! ajouta Martin.

– Ne vous inquiétez pas, répondit Super-Mamie. Le monstre peut vivre dans l'eau salée. J'y retournerai dès qu'il fera moins chaud.

– Tu nous emmèneras, Mamie? demanda Martin. Ce n'est pas tous les jours qu'on peut voir un monstre gentil! Et il y a longtemps qu'on n'a pas joué avec Lisette.

Super-Mamie ne savait rien refuser à ses petits-enfants. Dans l'après-midi, elle les fit monter sur son balai et ils s'envolèrent tous les trois pour le royaume du Grand Baboul. Ils tournèrent au-dessus du lac avant de se poser. Il y avait beaucoup de gens au bord de l'eau, mais tous semblaient si occupés que personne ne les remarqua. Margot aperçut Lisette. Dès qu'ils eurent posé le pied à terre, Martin et sa sœur se précipitèrent vers elle.

– Qu'est-ce que tu fais? demanda Martin.

– On sucre le lac de Baboulie, répondit Lisette. C'est un ordre du roi. Il dit que le monstre de ce lac est pire que les monstres de la forêt. Il paraît que si on ne sucre pas assez l'eau, il nous entraînera au fond pour nous dévorer.

Martin et Margot dirent à leur amie que c'était un mensonge du Grand Baboul, que le monstre était gentil et qu'il voulait seulement qu'on le laisse tranquille.

Ils se turent car le Grand Baboul s'approchait d'eux à grands pas. Il parlait tout seul, les mains derrière le dos.

— Le monstre va être content, disait-il. Avec le sucre, la mer ne sera plus salée.

Il aperçut Super-Mamie qui avait repris son déguisement de sirène.

— Salut, sirène magique, dit-il. Content de te revoir ! Je veux que tu...

La sirène magique ne répondit pas et lui montra du doigt de grosses vagues qui agitaient la surface du lac. Le Grand Baboul se tut, la bouche ouverte, l'air horrifié : le

Qui ne veut pas que l'eau du lac soit sucrée ?

monstre bleu sortait la tête de l'eau! Il paraissait encore plus furieux que le matin même. Il rugit :

« *Kékrétin.adi.dsukré.lodulak ?*»

Super-Mamie traduisit pour le Grand Baboul qui annonça, tout fier :

– C'est moi! Crazibert a dit qu'en mettant du sucre dans l'eau salée, ça faisait de l'eau douce. C'est un grand savant.

Super-Mamie lança quelques étincelles magiques et tout le monde comprit le monstre qui rugissait de plus belle :

« *TonKrazibèr.êtun.nâne ! Étuê.enkor.plu bêtkelui !*»

Il donna des coups de nageoires et des coups de dents en direction du roi pour montrer sa colère.

Au bord de l'eau, on s'était arrêté de lancer du sucre. Super-Mamie, qui était venue pour aider le monstre, s'envola sur son balai et une pluie d'étincelles tomba sur le lac. Quand elle revint se poser sur la plage, il y avait des tas de sel d'un côté et des tas de sucre de l'autre.

Le monstre avala une gorgée d'eau. Il la trouva très bonne et se calma. Il s'approcha de la sirène et l'invita, pour la remercier, à venir dans sa tanière, au fond du lac, déguster une salade d'algues gélatineuses.

La sirène Super-Mamie fut très flattée et remercia le monstre, mais elle n'avait pas du tout envie d'aller manger une salade d'algues molles et gluantes… Beurk!

Elle suggéra plutôt une partie de ballon avec les enfants pour le lendemain. Le monstre parut heureux de cette proposition. Avant de retourner au fond du lac, il s'approcha du Grand Baboul qui s'était assis dans l'eau pour se rafraîchir, un peu plus loin, et qui parlait tout seul :

– Je ne peux plus leur couper la tête. Je l'ai promis. Alors je vais trouver autre chose. Comme il fait très chaud… la cheminée… Je vais…

Le monstre donna, clac, clac, clac! trois coups de dents à ras les oreilles du Grand Baboul qui sursauta, poussa un hurlement et se sauva à toutes jambes. Il courait en tenant à deux mains sa couronne sur sa tête et il criait en claquant des dents : «Au secours! Au secours! ».

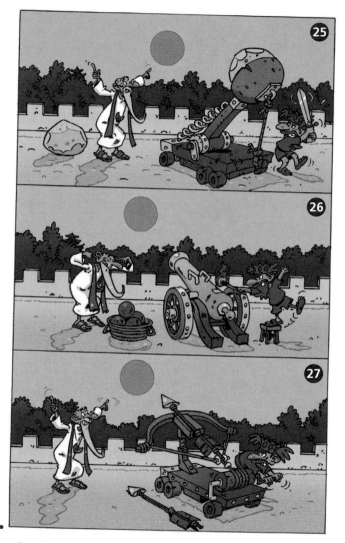

Quelle est la nouvelle machine
antichaleur du Grand Baboul ?

6

Le Grand Baboul renonça à diriger son royaume en se trempant les pieds dans l'eau du lac : il avait trop peur du monstre bleu !

Comme le lendemain il faisait toujours aussi chaud, il chercha une nouvelle idée pour faire baisser la température.

– Le soleil me chauffe trop, dit-il à son savant. Je veux une machine qui lui tire des boulets sur le nez pour qu'il s'arrête.

Crazibert obéit et fabriqua donc un canon antichaleur, puis le Grand Baboul en alluma la mèche. Boum ! Un boulet s'éleva haut dans le ciel et retomba sur la forêt de Crazigaille. On entendit un hurlement de colère, puis un cri étrange qui résonna au-dessus des arbres. C'était un monstre qui venait de recevoir le boulet sur la tête.

Le Grand Baboul recommença. Le soleil ne reçut aucun boulet sur le nez, bien sûr, mais les monstres eurent de plus en plus de bosses. Pour avoir la paix, ils quittèrent la forêt en direction de la clôture qui sépare la Baboulie du village.

— Malheur de misère! s'écria Super-Mamie en les voyant s'approcher. Voilà les monstres qui viennent vers nous!

Elle sauta aussitôt sur son balai, s'envola et dévia les boulets qui repartirent d'où ils venaient. Ils retombèrent sur le canon et le réduisirent en tas de ferraille.

— Au secours! hurla le Grand Baboul. Le soleil me bombarde!

Il eut si peur qu'il courut s'enfermer au frais dans son oubliette en jurant d'y rester jusqu'à la fin de la canicule et les monstres retournèrent dans leur forêt.

Le calme étant revenu en Baboulie, Super-Mamie se rendit sur la plage avec Martin, Margot et Lisette. Le monstre du lac apparut pour jouer et Martin lui lança son ballon. Il le renvoya d'un coup de nageoire. Parfois, il l'attrapait avec sa gueule. Bang! Une dent perçait le ballon qui éclatait et Super-Mamie devait réciter une formule magique pour le réparer. Les enfants riaient aux éclats et le monstre bleu applaudissait avec ses nageoires la super grand-mère un peu sorcière.

1

le **pôle Nord**
Région de la Terre
la plus au nord.
Elle est toujours gelée.

2

un **cachot**
Pièce sombre
où sont enfermés
des prisonniers.

3

un **laboratoire**
Pièce aménagée pour
y faire des recherches
et des expériences.

4

des **rouages**
Les roues
d'un mécanisme.

5

en **brassant**
En remuant.

6

une **oubliette**
Cachot où l'on jetait
les gens dont on
voulait se débarrasser.

7

il a des **doutes**
Le Grand Baboul
ne croit pas Crazibert.

8

une **mare**
Petite étendue d'eau
peu profonde.

9

méfiant
Qui n'a pas confiance.

10

la **canicule**
Période de grande
chaleur.

11

trépigner
Frapper des pieds
contre terre
rapidement.

12
touiller
Remuer.

13
qu'il **se dissolve**
Le sel que l'on met
dans l'eau doit
se dissoudre, fondre.

14
un sourire **béat**
Sourire heureux
et un peu bête.

15
l'air **ahuri**
L'air très étonné.

16
une **caverne**
Grotte creusée
dans la roche.

17
exaucer
Accorder à quelqu'un
ce qu'il demande.

18
il **râla**
Il grogna parce
qu'il n'était pas
content.

19
une tête **ruisselante**
De l'eau coule
sur sa tête.

20
végétarien
Qui ne mange
pas de viande.

21
une **tanière**
Lieu abrité où vit
une bête sauvage.

22
des **algues**
Plantes qui poussent
dans l'eau.

23
Elle **suggéra**
Elle proposa.

Les aventures du rat vert

Les aventures de Mamie Ratus

Ralette, drôle de chipie

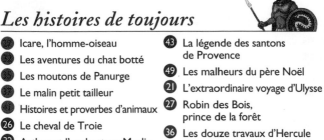

Les histoires de toujours

Super-Mamie et la forêt interdite

L'école de Mme Bégonia

La classe de 6ᵉ

Achille, le robot de l'espace

Conception graphique couverture : Pouty Design
Conception graphique intérieur : Jean Yves Grall • mise en page : Atelier JMH

Imprimé en France par Pollina, 84500 Luçon - n° L96928
Dépôt légal n° 60235 - mai 2005